KB126074

마음을 그리다

마음을 그리다

초판 1쇄 인쇄일 2015년 12월 7일
초판 1쇄 발행일 2015년 12월 15일

지은이 이수진
펴낸이 양옥매
디자인 최원용
교 정 조준경

펴낸곳 도서출판 책과나무
출판등록 제2012-000376
주소 서울특별시 마포구 월드컵북로 44길 37 천지빌딩 3층
대표전화 02.372.1537 **팩스** 02.372.1538
이메일 booknamu2007@naver.com
홈페이지 www.booknamu.com
ISBN 979-11-5776-128-9(03810)

이 도서의 국립중앙도서관 출판시도서목록(CIP)은 서지정보유통지원 시스템
홈페이지(http://seoji.nl.go.kr)와 국가자료공동목록시스템
(http://www.nl.go.kr/kolisnet)에서 이용하실 수 있습니다.
(CIP제어번호 : CIP2015033464)

마음을
그리다

이수진 시집

책과나무

· CONTENTS ·

· 1부 ·
믿음의 향기

· 2부 ·
잃어버린 잔대를 찾아서

· 3부 ·
마음 집짓기

주님의 숲에서 풍겨나는 초록향기는
마음에 평안과 안식을 주고 생명을 이어 가는
숨의 근원이 된다.
사람들이 내뿜는 보랏빛 슬픔과 분노의 검붉은 향기는
바람에 실려 고통의 씨앗을 뿌리고
감사의 노랗고 진한 오렌지 향기가
기쁨과 환희의 삶을 가져다준다.
마음에 흐르는 푸른 강물은 삶의 희로애락을 담고
다른 이의 마음에 스며든다.
빛이 비치면 강물은 에메랄드빛 믿음의 알갱이가 되어
흩날리고 나부낀다.
믿음의 향기는 마음의 싱그러운 생명나무에서 열리는
열매 향기가 난다.

문을 여니

삶의 향기가 풍겨나는
세상이 펼쳐진다.
사랑의 꽃 내음
소망의 풀 향기
평안의 구름 향
믿음의 사과 향

향기 풍기는 이곳으로 초대한다.

너와 나

헛된 꾸밈없이
너와 나 함께
손을 맞잡고
서로의 등에 기대어
희망의 노래를 부른다.
숱한 어려움을 겪고
푸른 숲에서
만난 너는
내면의 나이다.
너를 만나 힘을 얻고
빛이 되고 싶어
삶의 여정을 떠난다.

마음 그림 1

삶의 모습 사이로
희망이 떠 있다.
소망의 길로 이끌
두 줄기 빛이 있다.
눈시울 붉히며
거머쥔 사진
미래의 그림이 펼쳐지고
향기를 풍긴다.
눈물의 보랏빛 향
희망의 푸르른 향
용서의 초록 향
꿈꾸는 붉은 향
모든 향기를 담아
마음속 그림을 그린다.

마음 그림 2

가랑비 내리는 모습에
떠오른 마음 그림
세모난 마음에
새겨진 조각들
조각조각 나뉜 마음은
사연을 담고
연결된 모습으로
삶에 내린다.
꽃이 피는 대지와
바람의 기운
층층이 쌓인 마음 아래
가려진 마음
자연의 따스함에
살아나는 생명은
대지의 씨앗이 되어 자라고
못 이룬 꿈은
삶의 노래에 담아
하늘로 올려 보낸다.

마음 그림 3

마음의 책장을 펼치면
사라진 그림들이
하나둘씩 나타나며
짙은 향기를 드리운다.
감추어진
삶의 자국이 드러나고
자국 난 길엔
늘 함께인
네가 있다.

1부

믿음의 향기

꿈의 그림 너머 다다른 여정의 자락 꽃향기
너울져 흐르고 무화과 열매 가득한 기쁨을 맞이한다
꿈이 주는 축복과 오늘의 행복을 알게 되어
가득한 삶의 봇짐 사이에서 너의 눈물 병을 발견한다

쉼터

수많은 시행착오 속에
다다른 숲 속
미련한 수고도
뒤늦은 후회도
간데없이
시원한 바람을 맞으며
모든 시련을 잊는다.
누군가가 머물다 간 흔적이
위로를 주고
며칠을 머물며 쉬어 갈 샘터는
따스한 보금자리가 되어 준다.
차가운 이슬이 내린 대지는
숲의 생명의 근원이 되고
바람에 흔들리는
나뭇가지의 노랫소리는
만물을 춤추게 한다.
지금 주어진 소중한 시간들을
맘껏 즐겨야겠다.

기쁨 1

긴 슬픔이 지나고
찾은 기쁨의 터
너 나 할 것 없이
거리로 나와
기쁨을 표현한다.
하늘을 보며 팔을 벌리고
소리 내어 웃는다.
많은 일 중
하나의 이루어짐인데
남겨진 일들로
슬퍼하지 않는다.
남은 일들이
잘 될 것이란
믿음이, 소망이
다른 날들까지
꿈꾸게 한다.

미련한 소리

삶으로 흐르는
소중한 소리들
기다림의 기억들
문을 두드리면 들려올 듯한
그대의 웃음소리
어디로 가서 아직 오지 않는지
머나먼 기다림 너머에
서 있는 그림자 하나
이내 들려오는 미련한 소리
'이제 그만두련다.'
'이제 그만하련다.'

별이 된 아이

별이 된 아이는
꿈을 꾸는 눈빛으로
하늘을 바라보다
마주한 큰 빛이 너무 좋아
별이 되기로 했다.
바다에도 담기고
강물에도 담기고
영롱한 눈망울에도
담긴 아이는
행복에
세월의 시간을 잊었다.
마지막으로 만난 나비
"누군가 울고 갈
내 미래의 날을 부탁해."
떠나는 발걸음에
아쉬움을 담고
꿈을 꾸며 운다.

푸른 설움

푸르디푸른 삶을
뒤로 감춘
사시사철 푸른 소나무
눈길 주는 이 없어
흙빛이 되어 버린
마른 가지가
힘없이 '툭' 부러진다.
'꽃을 피워라'
'꽃을 피워라'
주위에선 꽃 타령이 났다.
푸른 소나무는
망토를 뒤집어쓴 채
서러워 운다.
꽃이 없는
푸르름이 싫었다.
말라 버리고 싶었다.
힘없이 '툭'
가지를 떨어뜨린다.

시간의 틈

시간의 틈 사이로
보이는 세상은
꿈을 꾸듯 평화롭다.
미동도 없이
고정된 세상에는
빛의 흐름만이 보인다.
어둠이 사라진
시간의 공간
이곳과 저곳을 이어 주는
정지된 시간
물결치는 빛의 파동에
떠내려가는
삶의 흔적들은
보이지 않고
떠도는 빛의
조그만 입자들만
흩어져 흐른다.

마음 향기 1

가릴 수 없는
마음의 향기
너울 넘듯 흐른다.
소복이 쌓인 눈 속에
살포시 앉은 향기는
눈꽃 그림을 그린다.
나풀거리는 나비가 앉은
연분홍 꽃이
초록 들 내음 사이로 피어나고
연초록 꽃잎은 춤을 춘다.
다양한 마음의 향기
나는 곳곳마다
꿈의 향기가 피어나고
차마 기울지 못한
달빛도 웃음 짓는다.
눈물의 자국들 모여
하늘로 쏘아올린 불꽃처럼
별무리 되어

세상에 머무른다.
마음을 지키는
빛이 되어 비추인다.

숲 속에서

떠나는 발걸음마다
꿈의 향기를 담아
지우지 못할 아쉬움 남긴
너의 마음을 담아
한 편에 넣어 두고
기나긴 기다림 끝에 서 있는
너의 목소리 그리워
오늘의 일들을 정리한다.
긴긴 밤을 지새우며
떠나온 숲 속을 생각한다.
푸른 시절을 담고 있는
추억의 숲은
그리움의 책장이 되고
그곳에 서 있는 나에게
말을 건넨다.
조그만 아이의
웃음소리가 들려온다.
그곳의 너는

사랑 속에 있어
푸른 숲 향이 나는구나!
널 닮고 싶은 나도
사랑 숲을 꿈꾼다.

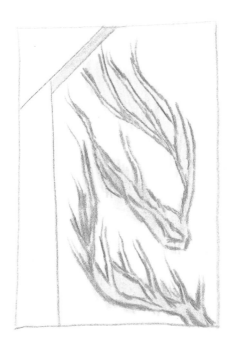

마음 가닥 1

세월에 따라 사라져 간
삶의 흔적 따라
노오란 연둣빛
실타래가 엮였다.
새빨간 구슬을 품고
하얀 바늘이 꽂힌
조그만 바늘통엔
이리저리 흩어진
실 가닥이 보인다.
그중 노오란 실 가닥 주워
실타래에 감지만
엮이지 않아
가닥을 가만히 손에 쥐고
눈물만 짓는다.

꿈의 그림

지나쳐 간 마음의 공간
휘몰아치는 마음 숲 바람
갈피를 잡지 못하는
푸른 나무 사이로
붉은 새가 날아간다.
날개를 접은 새
꿈을 삼킨 나무는
한곳에서 기다린다.
사랑 숲 어느 곳엔가
자라고 있는 나무는
달빛 보듬은 모습으로
희미한 그림자를 만든다.
눈꽃 마을을 이룬다.

눈물 병

꿈의 그림 너머
다다른 여정의 자락
꽃향기 너울져 흐르고
무화과 열매 가득한
기쁨을 맞이한다.
꿈이 주는 축복과
오늘의 행복을 알게 되어
가득한
삶의 봇짐 사이에서
너의 눈물 병을 발견한다.

서로를 위한 기도
마음의 소망 담아
올려 보낸
숱한 눈물의 방울들이
모이고 모여
병 가득 차 있다.

가장 귀한 선물 되어
봇짐 속에 놓여 있다.

그리움

새벽하늘 하얀 별
눈물 흘리는 작은 섬
섬을 안으며 흐르는
물결이 흘러가는 곳은
섬이 닿고자 하는
별빛이 비추인
작은 등대이다.
흘러가는 삶 따라
흐를 수 없어
대신
물결 따라 보낸다.

앞으로

살아 있음에
살기 위하여
삶으로 나아가
아픔 위로하고
서로 안으며
세상에 서네.
환희의 눈물 흩어져
바람결에 사라지고
새벽녘 뜨는 해는
슬픔을 삼킨다.
환히 보이는
넓은 길 따라
걷는 발걸음
들 내음 향기 담아
날 듯 걸어가네.

꿈의 나비

삶의 흔적은
꿈의 나비를 품고
지나간 세월에
향기를 더한다.
꿈의 발자취는
희망이 되고
그 길에 함께 걸으니
꿈의 나비 난다.
나비의 낢에
춤추는 꽃은
세상에 기쁨을 주고
꽃이 지는 세상에
향기를 남긴다.

희망 알맹이

숨의 공간에
떠도는 희망 알맹이
조금씩 커져 가는 입자들은
마음의 씨앗으로 자란다.
사라져 가는 빛의
기름이 되고
숨겨진 마음의 생명이 된다.
감추어진 길을 이루고
믿음의 향기와
푸른 숲 향을 풍기며
빛의 발걸음을 부른다.

강이 되어

눈물이 흘러 땅을 적시고
흐르는 빗물이 스며든다.
눈이 내려 쌓이고
소복한 눈이 덮인 대지는
열기를 내뿜어 눈을 녹이고
흐르는 강물을 이루었다.
흐르는 눈물도
내리는 비도, 눈도
모두 흘러내려
더 이상 쌓이지 않았다.
흐르는 강물이 되어
기쁨 넘친다.

하얀 눈물

하얀 싹이 터
소중히 가꾸니
하얀 눈꽃이 되었다.
하얀 눈물이
눈꽃에서 흘러
하얀 성을 이룬다.
성벽을 세우고
성문을 닫는다.
성벽 틈을 메우고
튼튼해진 성벽에 안심한다.
더, 더 높이 세우려 했지만
밖에서 비추이는
햇살이 그리워
성벽 그만 쌓고
닫힌 성문을 연다.

인생 1

삶의 고독은
머물고자 하는 발걸음에 있고
어두워져 가는
황혼의 그림자는
강하게 다가온다.
내 한 몸의 삶이
별과 같이 수없이 많은
인생을 겪고
마지막 장을 연다.
꿈꾸듯 흘러가고
삶을 노래하며
마음을 나누고
뜨겁게 사랑하려 한다.
향기를 남기려 한다.

봄비

빗방울 소리로
문을 연 하루
토오옥— 톡,
한 번은 길게
한 번은 짧게
화음을 이룬다.
기지개를 켜고 창가에 서니
도로로록 창문에
구르는 빗방울이 인사한다.
따스한 기운의 봄비는
대지를 적시며
생명을 싹틔울
양식이 되어 내린다.
귀한 주님의 자비이다.

마음 향기 2

발걸음을 옮기니
닿는 곳마다
풀 내음 가득한
마음 터이다.
향기로운 향기는
이곳저곳에서 풍겨나는
쉼의 향기이다.
무거움을 벗은 마음은
푸른 향기를 풍기며
하늘을 나른다.
노오란 기쁨의 향기가
더불어 날린다.

늦은 후회

'미안하구나.' 말하지만
이미……
그곳에서 떠난 마음은
소리를 듣지 못한다.
시간을 돌려
마음이 머문
장소에 가 보지만
지친 마음은
눈물만 짓고 있다.
떠날 준비를 한다.
너무 늦어 버린 시간에
화해의 길을 잃었다.

떠도는 구름

먹구름 사이의
조그만 흰 구름
자리 잡지 못하고
저만치 머물고
이리저리 떠돌며
위치를 정한다.
빼꼼히 수줍게
모습을 보이다가
먹구름에 가리어
찾을 수 없다.
마음의 우울한 먹구름도
조금씩 보이는 기쁜 마음을
질투하듯 가려 버려
하얀 마음은
갈 곳을 잃는다.
하지만 먹구름 뒤에 있을
조그만 흰 구름에
미소 짓는다.

길 잃은 배

지평선 너머에
멈춘 배 두 척
시간에 속하지 못하고
바람의 항로를 잃어
외로이 흔들린다.
시원한 남풍의
바람을 기다리며
나아갈 방향을 찾지만
미동조차 없는 바다는
항해를 허락하지 않는다.

꽃향기

꽃잎 흩날리는
향기에 취해
눈물도 잊고
설움도 잊고
꽃구경에 나선다.
마음을 진동시키는
화려한 꽃향기는
시간의 기억을 지우고
샘솟는 꿈들로
시간을 수놓는다.
꽃잎 담아
너에게 안기고파
시간에 색을 입히고
향기로운 입술에 담아
꽃향기 날린다.

하늘 보기

구름의 움직임에
마음이 빼앗겨
하루의 일상을 하늘에 둔다.
하얀 구름의 푸른 하늘은
평안의 날갯짓하고
뭉게구름 나는 곳에
침실을 만든다.
검은 구름도
마성의 매력을 뽐내는
하늘은
삶의 작은 모형이다.

빛

밝은 빛 따다
침실에 두고
떠나려는 마음을 붙잡는다.
빛 따라 떠나려
서두르던 마음에 비치는
조그만 빛의 알갱이들은
서로서로 모여
푸른빛을 이루고
푸른 향기를 뿜으며 위로한다.
건강과 행복을
기도하던 마음이
하늘로 올라가
빛을 이루고
그 빛 따다
방을 밝히니
세상 무엇에 비할 수 없는
빛을 품는다.

시간의 꿈

달빛 기운
향기에 취해
길을 걷다 보니
문득 떠오르는
지나간 꿈의 시간
아득히 멀어져 간
과거의 기억 속에
소리 없이 사라져 간
머무는 시간의 꿈
이곳저곳의 꿈을 이어
맞춰진 시간 속에
유유히 흐르는 평안의 강물
강 따라 이룬 길에
달빛 기운다.

후회

안개꽃 흐드러진 장미다발
꿈을 담았었는데
장미 향기 날리며
삶의 향기도 짙어졌는데
꽃이 지듯
꿈이 지고
마른 안개꽃은 부서졌다.
시드는 꽃에 꿈을 담은
어리석음을 후회한다.

'들꽃이라 행복한 마음,
국화라서 행복한 마음,
백합이라서 행복한 마음
가져야 하는데
욕심이 많은 우리들은
화려한 장미꽃에
들꽃행복까지 탐낸다.'

평안을 꿈꾸며

마음의 색은
초록 평안에
붉은 화를 품고 있고
초록 꽃 향 책꽂이에는
시간이 지나도 풀 수 없는
이야기가 피어난다.
감추어지지 않는 진한 색으로
두드러져 보이는
약하고 다듬어지지 않은 마음
초록 꽃잎에 눈길 돌려
평안을 꿈꾼다.

추억 향기

하늘빛을 담은 꿈은
찬란한 태양의 일출과 같이
세상을 밝히는
큰 빛 되어 떠오른다.
꿈을 좇는 바쁜 마음들을
불러 세우고
빛을 비추인다.
사랑의 기억들을 떠올리고
행복했던 시간들을 찾도록
마음을 깨운다.
떠나가는 발걸음
뒤돌아선 마음에
지치고 힘든 마음 위로할
추억 향기 날린다.

인생 2

돌고 도는 인생길
빛바랜 사진 하나를 보았다.
지나치기 아쉬워 다가가니
개화기시대 여인들의 사진이었다.
흑백사진 속의 삶에 지친 모습에
오늘을 살고 있는 우리들이 보인다.
새로움에 지쳐 가는 영혼
평안함이 사라진 하루하루에
과거를 그리워 하지만
돌아갈 수 없었다.

사랑하고파

너울 빛 흐르는 잔잔한 바다
꿈이 흐르고 노래가 흐른다.
작은 목소리의 주인
구슬픈 울음소리
사랑을 꿈꾸는 조그만 소녀
마음에 흐르는 물결은
삶도 그리움도
함께 흘려보낸다.
울음소리 따라가
도착한 작은 섬
희망을 품은 눈망울로
먼 바다의 수평선을 바라본다.
삶이 머문 아름다운 그곳에
소녀의 꿈도 머문다.

푸른 알갱이

푸르름이 요동치는 금빛물결
꿈틀대는 생명의 기운
춤을 추는 바람을 넘고
흩날리는 향기를 품은 채
에메랄드빛 생명입자들을
숨의 공간에 뿌린다.

스치는 생명마다
스며든 푸른 알갱이는
꿈을 이루고
싹을 틔우며
숲을 이룬다.
금빛물결 흘러갈
길을 이룬다.

재촉

흘러가는 인생길 따라
머문 발걸음
'흘러, 흘러 어딜 가나
쉬었다 가자구나!'
'그곳도 이곳도
매한가지이니,
조금 쉬어 간다고
달라질 것 있으랴.'
하지만
인생길 재촉함은
가다가 삶이 끝나
다 가 보지 못한 길이
아쉬울까 함이다.

삶의 조각

슬픔이 흩날리는 마음의 바다 섬
조각난 섬들이 떨어지고
아픔이 흐른다.
눈물로 얼룩진 섬에는
희망이 서려 있고
떠도는 시간의 흔적이 보인다.
혼자여야 하는 삶에
눈물 흘리며
홀로 서는 연습을 한다.
떨어지는 삶의 조각들만이
서로를 의지한다.

달빛 흐름

달빛 흘러가는
구성진 가락에 넋을 잃고
마음의 풍랑도 달빛 흐름에
함께 흘려보낸다.
낮은 언덕을 지나고
푸른 들판을 지난 달빛은
초록빛 바다에
아름답고 슬픈 그림을 그린다.
꿈의 조각도 인생의 슬픔도
함께 그려진 바다는
삶의 향기가 담긴
마음 샘이다.

노을 향

삶이 빛나는 아름다운 바닷가
두둥실 떠가는 조그만 배들
동그란 원을 그리며 움직인다.
섬으로 향하는 푸른 꿈을 안고
노을이 지는 서쪽바다를 향한다.
삶이 내뿜었던 오색 빛 향기를 싣고
노를 젓는다.
파도를 거슬러 도착한 잔잔한 바다
푸른 산호는 삶의 향기를 반사하고
코끝을 간질이는 초록 향기는
온몸을 감싸 안는다.
삶이 지는 노을의 향기는
짙은 그리움을 풍기며
마음 깊이 가라앉는다.

세월에 흘러가고

동그란 지구에서의
수많은 일들
돌고 돌아 내게로 온다.
풍족한 마음을 품고
꿈을 따서 배에 싣고
항해를 한다.
어둡던 바다도
환하게 밝아 오고
순풍의 기운을 입어
서쪽으로 나아간다.
천천히, 천천히
세월의 이치에 맞추어
흘러간다.

마음 가닥 2

오색 빛 물결에
마음을 내려놓고
한 가닥 한 가닥
삶의 가닥들을 세어 본다.
잃어버린 가닥들이
무엇인지 떠올려서
새롭게 실을 엮어
가닥을 이어 본다.
희로애락에 물든 가닥은
황금물결에 넘실대고
다시 삶의 파도를 타고
영광의 빛을 뿌린다.

흙 내음

엄마의 자궁에서 맡은 흙 내음은
엄마의 심장소리를 통해 들려오는
평온함이었습니다.

두 살 즈음의 흙 내음은
입속의 까끌까끌한 감촉과
손의 유희를 통해 오는
재미였습니다.

어린 시절 정원에서 풍기던 흙 내음은
발끝에서 시작되어 무릎 즈음에서
다리의 인대를 늘여 키를 크게 하는 듯한
환희를 주었습니다.

중학생이 되었을 땐 아카시아 꽃향기 사이로
살아 있는 조그만 생명의 내음이
송이송이 피어나는
흙냄새가 좋았습니다.

마흔이 넘어서야

잊고 있던 흙 내음을 다시 찾습니다.

지금은 삶이 주는 평온함이 흙 내음에 실려 옵니다.

아마도 엄마의 자궁에서의 평온함이

그리운가 봅니다.

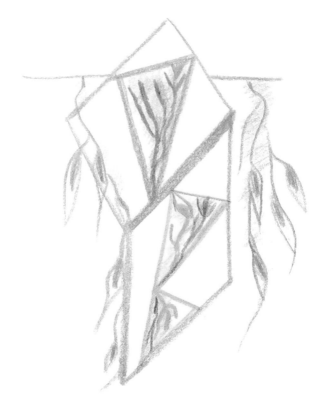

그리운 시절

푸르르던 그 시절이 그리워
시간을 꺼내 본다.
늘 아픔이 공존하던 시절이지만
너무나 그리운 시절의 사진을
몰래 꺼내
그리움의 눈물을 흘린다.
거품처럼 다가오는
추억의 향기 보듬는다.

꿈에서

길을 잃고
더 이상 나아갈 수도
돌아갈 수도 없는
낭떠러지에서
천사의 날개를 보았다.
"넌 어떤 사람이니?
좋은 사람이니? 난 좋은 사람만 도와야 해."
"난 그냥 사람이에요. 좋고 나쁘고가 있나요?"
연기처럼 사라진 그곳에
미소를 머금은 뒷모습을 남긴다.

휴식

향긋한 풀 내음이 손짓하여
발걸음을 옮기니
늘 풍부한 마음을 가져다주는
넓고 푸른 들판
잔잔히 불어오는 바람도
새들의 노랫소리도
생명들의 숨소리도
모두 삶의 바람과 향기에 어우러져
가을을 노래한다.
이토록 밝고 환한 자연이
언제나 삶의 쉼을 주니
기쁘고 감사하다.

가을 하늘

주님!
푸르다 하면 푸르고
푸르지 않다 하면
푸르지 않은 마음 빛은
언제쯤 늘 푸른 마음 빛을
지닐 수 있을까요?
깊어 가는 가을 하늘의 푸르름에
가을의 하늘빛이 부러워
마음의 푸르름을 외쳐 봅니다.

일상

며칠 동안 매섭게 몰아치던
파도가 멈췄다.
잔잔해진 마음의 바다가
반갑기도 했지만
갑자기 멈춘 파도에
기쁨도 잠시
따스한 미풍에도
몸을 긴장시킨다.
잠시도 쉴 틈 없는 시간은
바쁜 걸음을 옮기지만
거친 파도에 지친 마음은
쉼을 원한다.
시간의 일을 함께 나누는 기쁨도
잠시 내려 두려 한다.

보고 싶은 마음

삶이 떠오르는구려.
아침이 떠오르는구려.
피어 보지 못한 꽃은
삶의 쓴 향기 되어 머무르오.
못내 그리워 떠나보내지 못해
슬픈 잔을 기울이고 있소.
그대와의 추억을 떠올리고 있소.
보고 싶구려.

꿈속에서

꿈에서 만난 초록 꿈은
붉은 열매를 품고
푸른 하늘은
저 산 너머의 바람을 몰고 온다.
꿈이 익어 가고
마음의 자리는
푸르름이 물든다.

감사 1

바다에서 들리는
감사가 들리니?

바다는 늘 내게
감사의 마음을 전하는구나.

푸른 물결이 넘실대는
바다에서 들려오는 감사는
세상의 아픔을 잠재우는
크고 강한 감사이구나.

바다가 있어
세상이 존재한다.

'하늘과 땅이 닿아 있는 곳에
항상 눈높이를 맞추며 살아가도록
연습을 한다.'

생기

수채화 물감으로 그린 꽃이
향기를 품었다.
영원을 지닌 향기
새벽이슬도 향기에 맺힌다.

후~~
조그만 아이가 분
민들레 홀씨가 날린다.
아이의 행복한 웃음소리도
함께 날린다.

보이지 않아도 생겨나는 힘은
갇힌 미래를 여는
열쇠가 될 것이다.

석양

석양을 가리던
보랏빛 슬픔이 걷히니
불타는 오렌지 빛 노을이
하늘을 물들인다.

내일을 준비하는
발걸음을 재촉하고
생명에 생기를 불어넣는다.

어두움이 오기 전
사물을 밝히는 석양은
용기를 주며
희망을 가지라 한다.

기다림의 인내

걱정도 근심도 없는데
마음 한구석이 막힌 듯한
답답함이 있다.
무엇 때문인지 깊이 살펴보니
기다림의 답답함이
혹처럼 숨을 막고 있는 듯했다.
삶의 고통의 실타래를 풀었듯
답답함 속에 묶여 있는
기다림의 인내를
풀어내려 한다.
이것이 삶이니
삶 속에 푹 빠져 보려 한다.

'좋아하는 것이 있으면
좀 불편하고 손해더라도
즐기자.'

꿈의 시간

아득히 먼 시간의 골짜기
눈보라가 치던 산을 넘고
잔잔한 호수를 지나
시간으로 여행한다.

눈밭에서의 추억도
슬픈 조각배로 건넌 호수도
산 정상에 서니
승리의 외침이 된다.

살짝 기운 햇살
싱그러운 바람이 부는
눈 덮인 대지는
꿈의 시간을 품고 있다.

시간

무수히 많은 별들
시간 속에 속해 있고
흐르는 별빛은
시간을 흘려보낸다.

마음의 소망, 회계의 눈물
맑은 웃음소리, 사랑의 마음
모두가 별빛 속에 담겨
하늘을 수놓고
흐르는 시간에도 여전히
시간되어 돌아온다.

호수 1

맑은 눈을 가진 너는
호수에 비친 마음을 담고
내가 알지 못한 사이에
희미한 웃음을 선사한다.
호수에 너울지는 물결은
너의 사랑을 전하고
먼지 묻은 내 마음은
맑은 호수 요동에 씻겨 간다.
빛나는 호수 표면에
너의 얼굴이 비치면
내 마음은 사랑으로 넘쳐난다.

보고 싶은 만큼 보이는 세상

맑고 투명한 시계
투박한 외투
사투리 섞인 말씨
아름다운 얼굴

내 사랑이 지나쳐
보지 못한 상황

슬픔이 담긴 수줍은 미소
단정한 옷매무새
촉촉한 눈가
등에 돋은 날개

삶의 숲에서

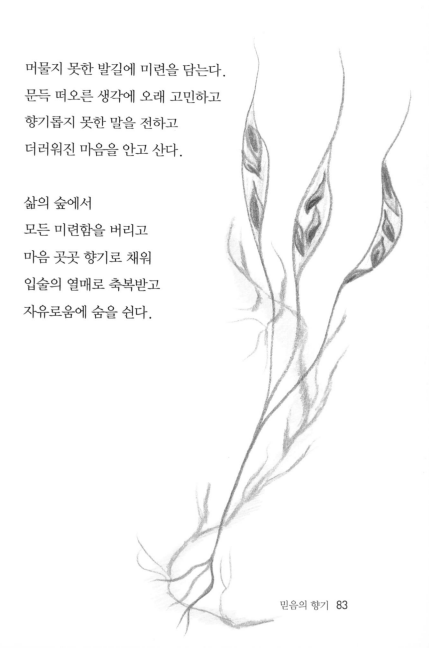

머물지 못한 발길에 미련을 담는다.
문득 떠오른 생각에 오래 고민하고
향기롭지 못한 말을 전하고
더러워진 마음을 안고 산다.

삶의 숲에서
모든 미련함을 버리고
마음 곳곳 향기로 채워
입술의 열매로 축복받고
자유로움에 숨을 쉰다.

삶의 흐름

연속된 하나의 선에
과거 현재 미래가 서 있다.
과거는 흘러갔지만
여전히 현재를 맴돌고
현재의 시간은 멈춰 선 듯하다.
현재가 머무는 공간에
삶의 흔적이 묻어나고
미래에 맞이하는 흔적은
물결이 되어 다가온다.
미래에 대한 불안은
과거가 주는 고통이며
미래에 대한 희망은
현재가 주는 선물이다.

흘러간 시간

눈물로 얼룩진 시간의 노트
누구나가 지니는 마음의 멍울
삶이 아름다운 이유는
마음에 빛을 담고 있어서이다.
빛을 지키기 위한 몸부림으로
눈물을 지닌 연약한 마음
눈물이 말라 버린 공간마다
마음은 멍울을 맺는다.
맺힌 멍울들을 시간에 담고
눈물 지우개로 지워
흘러간 시간 노트를 비운다.

바람의 언어

쉬~ 쉬~
바람이 나무 사이로 불며
말을 건넨다.
"쉬~ 쉬~"
같은 말인데도
마음의 기분에 따라
다른 느낌으로 들려온다.
하루는 위로의 말이
다음 날에는 행복을 가득 담은 환호성이
때로는 불만의 목소리가 들린다.
지금 나의 마음을 바람은 가진다.
나와 같은 마음을 가진 바람은
언제나 쉬~ 쉬~
말을 건넨다.

마음 지키기

주님!
마음을 지키며 산다는 것은
아주 어려운 일인 듯합니다.
처음의 결심은 간데없고
조금만 힘들어지면
마음을 바꾸어 버립니다.
소중한 마음을
끝까지 변함없이 지켜 가는
지혜롭고 용기 있는 사람이 되길
기도합니다.

정상에서

산 정상에서

국수를 사랑하는 할머니께서
바다에서 불어오는 해풍의 습도를
손끝으로 느끼시듯

주님의 바람을 손끝으로 알아본다.
평안의 바람
희망의 바람
인내의 바람
휘몰아치는 태풍
씨앗이 뿌려지는
빗방울을 품은 바람까지

모든 바람의 감촉을 알아 간다.

고향

멀리 보이는 안개낀 마을
풍기는 사과향
누렇게 익어가는 곡식
가느다란 엿가락을 물고
콧노래를 부른다.
어린 아이들의 웃음소리는
지친 걸음에 힘을 싣는다.

가식없는 모습의 사람들
선한 눈을 가진 소꿉친구는
반가운 미소를 짓는다.
행복을 주는 이곳
추억을 품고 기다린다.

2부

잃어버린
잔대를
찾아서

너를 위한 기도를 하렴.

늘 행복하길

늘 감사하길

늘 사랑하길

그리고 너를 사랑하는 나를 기억해.

난 늘 네 편이야.

한때를 지나

한때를 지나
다른 시간으로 들어서면
삶에 맞추어 변해 가는
마음의 모습에
눈물이 납니다.
지금의 나를 있게 한
삶의 아픔도
누군가의 위로와 격려도
모두 잊었나 봅니다.
삶을 지탱하던 믿음이
어긋난 삶으로 연결되어
시들어 버린 마음이 되었네요.
지난 시절이 그립고
함께했었던 사람들이
보고 싶을 땐
추억의 책장을 열어
나를 만나 보세요.

'과거의 모습을 지켜 나가지 못한 현재는
두려움을 몰고 온다.'

꿈이 머무는 자리

마음이 머무는 자리에서
꿈을 맞추어 가고
사람들의 향기를 맡으며
꿈을 이루어 간다.
향기는 다른 마음을 찾아
꿈의 발길을 돌린다.
다시는 오지 않을 지금의 나
숨 쉴 수 있는
공간을 만든다.
사랑의 언어를 뿌린다.
마주선다.

'꿈을 꾼다는 것은 그 자체만으로
행복한 것이다.'

숲 속 길

소리 없이 떠나는 자의 마음은
소리를 내고 있다.
사랑의 몸부림으로 가득한
크고 강한 외침
누군가 기다리고 있다는 믿음으로
오늘도 몸부림친다.
다시 돌아올 메아리를 위하여

'여행 채비를 하는 것은 이미 떠날
마음의 준비가 되어 있는 것이다.'

고민

무엇이 필요한지
무엇을 해야 할지
어디로 가야 할지
무엇을 먹어야 할지
하루의 일상이
고민입니다.
무엇이 필요한지 알아도
무엇을 해야 할지 알아도
어디로 가야 할지 알아도
무엇을 먹어야 할지 알아도
고민합니다.
기도로 해결할 고민을
기도를 해야 할까
고민합니다.
막막한 하루입니다.

'누군가가 다가와 왜 그런지 묻는다면,
해야 할 일들로 가득한 일상을 벗어나
꿈을 찾아 떠나야 할 시기이기 때문이라
말해 주고 싶다.'

사랑

너에 관한 꿈을 꾸었어.
보잘것없는 내 몸을
꼬옥 안아 주던 너
힘들어 보였는지 살포시
내 어깨에 손을 얹었어.
노오란 장미다발을 선물해 주었지.
수줍은 미소 외엔 네게
줄 것이 없는 나
지금은 아무런 생각을
할 수 없어
엷은 미소로 대답해.

'사랑의 마음은 약이 되어
마음에 스며들고
사랑의 행동은 마법처럼
남의 마음에 뿌려져 뿌리를 내리지.
내가 네게 하고 싶은 말은
바로 "사랑해"였어.'

꿈

이루어진 소망으로
버티는 인생이 있다.
이루지 못한 소망이
버티게 하는 인생이 있다.
소망을 이루는 순간
또 다른 소망을 필요로 하는
인생이 있다.
영원히 이루어지지 않을 소망을
꿈꾸는 인생도 있다.
나는 인생을 버티게 하는
힘을 꿈꾼다.

'넌 인생을 너무 깊이 생각하는구나.
가끔은 흘러가는 대로 인생을 놔두렴.'

노랫소리

거리에 울리는 노랫소리는
사람들의 마음을 적시고
마음에 풍경을 만들어 내고 있다.
언젠가 생겨날 그리고 항상 존재하는
따뜻한 마음을 담고 있다.

'쉿! 조용히 하고 귀를 기울여
자연이 살아 숨 쉬는 소릴 들어 봐.
자연의 숨소리는
네게 있는 위로와 기쁨,
온유와 사랑을 일깨우겠지.
그리고 바람의 노랠 들어 봐.
너를 깊은 샘터로 인도할 거야.'

눈꽃

눈꽃이 날리는구나!
이곳은 어두움이 머무는 거리여서
조그만 움직임은 곧 사라진다.
희미한 빛이 잠시 머무는 것은
네 기도가 있어서이다.
누군가를 위하는 마음에는
어두움을 밝히는 힘이 있다.
어디로 가야 할지 두려웠을 때
희미한 빛이 나를 불러 주었지.
미친 듯이 보이겠지?
나의 말이 믿어지니? 하지만 진실이야.
지금도 네 향기의 눈꽃이 날린단다.

마음의 기억

누구나가 힘든 기억들을 안고 살지.
하지만 그걸로 족해.
두려움과 근심의 어두운 북풍은
주님의 입김 한 번으로도 저 멀리 날아가고
너의 작은 배는 앞으로 나아갈 거야.

'행복했던 시절의 기억은
드러나는 육체의 질병을
이기는 힘을 가지고 있어.
기쁜 마음은 세포들에겐
숨 쉬는 공기와도 같으니까.
삶의 희망은 더 큰 기적을 이루겠지.'

감사 2

넘치지는 않아도
항상 부족하지 않게
채워 주신
은혜에 감사합니다.

'겸손할 수 있도록
너그러울 수 있도록
사랑하며 베풀 수 있도록
마음을 인도하여 주십시오.'

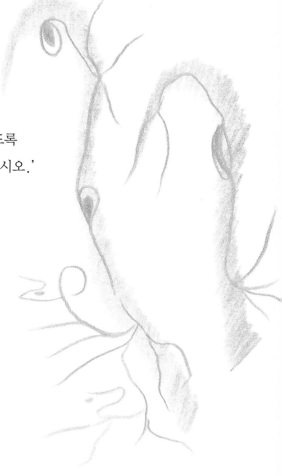

항해

마음의 바다를 지나 도착한 항구
작은 쉼을 주는 쉼터이지만
다른 여정을 시작하게 되는
출발점이 된다.
지금 잠시 항구에 도착한
인생길에서
다른 지점을 향해 나아갈 채비를 한다.
알 수 없는 인생의 바다 가운데서 만나는
항구의 소중함에 감사한다.

'항해를 하던 배는 항구에 정착하고
자신의 항로가 틀렸음을 알게 됐지.
돌아가는 것이 맞는지, 아니면
다른 항로를 찾을지 고민하게 됐지.
지금까지의 수고가 물거품이라는 생각에
오랜 시간 아파하다 내린 결론은
가야 하는 목적지에 안전하게 다다를 수 있는
방법을 선택하기로 한 거였어.

항로에 집착하지 않고 항해를 즐기며
가야 할 곳을 향하여 즐거이 나아가기로 했어.
너의 항해도 그러길 바라.'

첫사랑

주님을 아는 일은
누군가가 말해서가 아니라
이미 알고 있다.
단지 문을 열기 어렵다.
내가 주님을 만날 때도
주님은 나의 마음문 밖에서
한참을 기다리셨다.
나를 지켜 주시고 계신 분이
주님이심을 알기까지
내가 겪은 일들은
출애굽의 표적이었다.
흑암의 구름을 보고
심장이 뛰어
숨을 쉴 수 없는 지경에 이르러서야
주님을 알아본 나는
주님을 영접하였고
그렇게 나의 첫사랑이 시작되었다.

'모든 일들을 준비하신 하나님.
주님의 신실하심은
늘 우리가 상상하는 그 이상이시다.'

진실

하늘의 문을 여는 기도는
마음으로 다가가는 것이다.
이성이 앞서지 않은
진실한 기도
내 마음의 거울 보듯
비추이는
마음의 눈물이다.

'수많은 시간이 흘러도 여전히 변하지 않는 것은
주님께선 작은 기도도 빠짐없이 듣고 계시다는 것이다.
이루어지지 않아도 계속해서 기도하는 이유는
지금도 듣고 계신 그분이 있기 때문이다.
내 말을 들어줄 누군가가 있기를 간절히 바라던
사춘기 시절의 소망은 지금의 기도로 이어졌다.
지금의 심정을 이해해 주시는 그분이 있어
정직하고 올바른 마음을 갖는다.'

메아리

삶이 가져다준 메아리는
조그만 절망과 조그만 슬픔과
조그만 기쁨과
때론 한없는 행복이다.
희생의 메아리가
아픔이 되어 돌아올 때
절망한다.
다시 오는 사랑의 메아리가
살아가게 한다.

'같은 방식 같은 모양의 메아리는
때때로 삶을 지치게 하지.
눈꽃 모양의 메아리
붉은 와인 같은 메아리
노란 국화꽃 메아리
가을 노을 같은 메아리를
삶의 곳곳에 소리쳐 봐.'

눈물

마음이 가난한 저는
서글퍼 눈물이 나는데
그 눈물의 이유조차 몰라
더욱 아파 옵니다.
주님,
우는 저에게 오셨네요.
저를 말려 주세요.

'풀리지 않는 삶의 수수께끼는
모두가 살아 있는 사람들이 만든 허상이야.
죽어서도 사라지지 않는 나쁜 마음이야.
누군가는 그 깊은 마음들을 만나겠지?
세상은 많은 마음을 쌓아 만든 산이야.
산을 옮기려면 마음을 옮겨야겠지?
지혜를 가지면 마음을 옮기는 방법을 찾게 될 거야.
무지갯빛 허상을 좇는 어리석음에서 벗어나.
마음을 모아 기도해 봐.
높이 쌓인 마음산도 옮길 수 있어.'

은혜

은혜가 생겨남은
육체를 뛰어넘어
생명의 길로 나를 이끌어 갈
힘이 생겨남이다.
진실을 드러내고
나의 행실을
올바르고 정직하게
행해 갈 수 있는 강함이
내 안에 생겨남이다.
진실로 자랑할 한 가지
보배가 생기는 것이다.
나를 내려놓을 수 있는
겸손이 샘솟는 것이다.

'달라지는 삶의 모습들, 향기들
새로운 길로 들어선다.'

아픔

아픔의 제곱은
저를 잃어 가는 것이었습니다.
한 꺼풀을 벗기니
저의 아픔이 보이고
또 한 꺼풀을 벗기고
저를 찾아냅니다.

'조금 아프지? 곧 괜찮아질 거야.
적응도 되고. 누구나 아픔을 겪지.
다만 어떻게 받아들이나가 다를 뿐이야.'

손길

한없이 작아지는 내게
조그만 위로가 필요한 시기
말없이 흐르는 눈물 닦아 줄
내미는 손길이 필요한 시기
주위에 아무도 없는
어두운 이 밤
주님께
내 눈물 보입니다.
이 하나만으로
아무 말 필요 없이
주님
내 맘 모두 아시고
상한 나를 안아 주시네.

'그래도 넌 널 완전히
이해해 주시는 분이 있으니
너는 참 행운아야!'

삶 1

삶이 기운다.
세월의 흐름 가운데
알지 못한 사이
이미 기울고 있는
나의 삶
인생의 꼭짓점을 지나 버리고
기울고 있는 자리를
알게 된 오늘이
기쁘지는 않다.

'젊음은 인생의 큰 기쁨인 듯합니다.
모두에게 공평히 주어지니 삶의 이치에 맞고
잡을 수 없으니 귀중한 시간입니다.
젊음이 사라지면 세상이 무서워지니
세상을 이기는 큰 무기도 되겠지요.
주님 주신 지혜는 젊음보다 귀하니
세월이 기울었다 하여 그리 슬퍼하지 않겠습니다.'

영혼의 목소리

- 스타킹에서 김승일 씨의 노래를 듣고

슬픔이 오더라도
나는 나아갈 것이다.
또 다른 아픔이
나를 기다리고 있어도
나는 나아갈 것이다.
그것이 나의 길이고
그 길 외의 나의 길이
없기 때문이다.
슬픔을 건너
또 다른 슬픔을
맞이하게 된다 해도
나는 꿋꿋이 나아갈 것이다.
그것만이 나의 길임을
알기 때문이다.

위로

– 스타킹에서 김승일 씨의 노래를 듣고

저 하늘로 날아올라
내가 살고 있는 모습을
볼 수 있다면
그 하늘 어느 곳에선가
나를 격려해 주고 싶었다.
힘겨운 내 삶을 위해
힘을 내고 있는 나는
정말 훌륭하다고
위로해 주고 싶다.

'우리 자신을 위로해 주어요.
너 참 훌륭하구나!'

보이지 않는 눈을 가진 가수

- 스펀지를 보고

나는 눈이 보이지 않아요.
그래서 항상 삶이 싫었어요.
하지만 내 자신이
나를 가두어 두고 있다는 것을
알게 되었어요.
내가 살아 있는 한 다시는
내 자신의 장애로
나를 그 속에 가두어 두지 않으리라
다짐했어요.
나의 마음이 나를 장애 속에
가두어 둔 것을 알기까지
내가 가진 아픔은 바로 나였어요.
지금은 나의 노래가 바로 나예요.
바로 희망!

'우리 모두는 자신의 부족함에 갇힌 채 살아간다.
자신의 귀함을 알아 가고 희망의 자리에 서기 바란다.'

너와 함께

파란 구름 두둥실
마른 가지 사이에서 흐른다.
내가 아닌 네 모습 되어 살고 싶구나.
흰 구름 흘러가니
평안이 드리우고 네 모습 떠올린다.
누우니 하늘이 마주한다.
네가 될 수 없다면
널 마주 보고 싶구나.
함께 길 가자꾸나.

다짐

꽃잎 두 개 따다 줄게.
책갈피로 쓸 수 있게.
마음의 책에 끼워 둬.
언제든 보고 싶은 페이지가 펼쳐질 거야.

푸른 바다의 감사
지는 노을의 교훈이 보고 싶어.
자꾸만 기억에서 잊혀가.
외로울 때마다
펼쳐 보면 덜 힘들겠지?
걱정을 묻어 두는 무덤을 만들어야겠어.
쓸모가 없으니 묻어 버려야지.
이젠 씩씩해질 거야.

넌 언제나 용감했어.
지켜 내고 있잖아.
널 응원해.

하루살이 빛

성령의 빛을 힘입어
하루를 살아가는 기간
오늘의 빛을 모아
내일을 비추고
내일의 빛을 모아
모레를 비추이는
하루살이 인생이다.
많은 빛을 모아
부요한 인생이고 싶다.
따뜻함을 나눌 수 있는
삶이고 싶다.

'네게 차이면 저절로 넘쳐날 거야.'

미성숙

현실에 살고 있지 않은 나는
우주에 동떨어져 있는
어느 별 속에 갇힌
외로운 아기이다.
무슨 일을 해야 할지
모른 채 멍하니
어른이 되기를
기다리고 있다.

'인생의 터널을 지난 지금
마음의 터널은 지나지 못했구나.
시간의 약이 필요한 거야.'

반쪽 동행

절망의 하루와 기쁨의 하루가
번갈아 오는 듯하다
이기지 못한 삶의 무게와
다시 시작하고자 하는 마음의 의지가
하루하루의 시간을 차지하고 있다.
아직은 성숙되지 못했고 온전하지 못한
주님과의 동행이다.

'힘든 하루구나.
마음의 불씨를 피우렴.
네 마음만을 위해 따뜻한 차를 끓이렴.
네가 지친 이유를 찾아가
다시는 네게 그러지 말도록
따끔하게 혼을 내 줘.
미움이 들어오지 못하게 막고
너를 위한 기도를 하렴.
늘 행복하길
늘 감사하길

늘 사랑하길

그리고 너를 사랑하는 나를 기억해.

난 늘 네 편이야.'

주님 나를 도우소서

제게 은혜를 베푸소서.
주의 인자와 긍휼로
나를 도우소서.
주의 보좌 높은 곳에
날아가는 새처럼 나의 기도도
주 앞에 나아가게 하소서.
어둠을 가르는 말씀의 빛으로
나의 길을 밝히시며
끝없는 주 사랑으로 마음을 덮으소서.
주님 외에는 내 맘 아실이 없으니
내 마음을 항상 주 앞에 보입니다.
주님 나를 도우소서.
주님 나를 도우소서.

'구하는 자에게 열릴 것이다.'

거름

아픈 기억의 삶이
힘겨웠습니다.

하지만 이젠
그 삶들이
인생의 거름이 되어
마음을 윤택하게 하여 줍니다.

좋은 거름이 되는 시간을
가질 수 있는 사람이
되어야겠습니다.

'봄이 되면 씨앗을 뿌리고
여름이 되면 거름을 주니
인생의 여름이 되었구나
가을의 결실을 기다리렴.'

사이

저는 아직도
저를 볼 수 없지만
저를 보고 계신
주님 얼굴이 있어
제가 주님 바라볼 때
주님 바라보시는
바로 그 눈으로
저를 함께 볼 수 있는
시간이
제게 있어 감사합니다.

'사랑의 크기가 너무 작아
자신의 모습을 내려놓지 못해
아직은 주님 모습을 채울 수 없습니다.
주님 사랑을 더 많이 받아야
조금은 커진 사랑주머니를
지닐 수 있으려나 봅니다.'

작은 용서

용서를 했는데도
다시 그 일들이 저를 괴롭힙니다.
과거의 잘못이 현실이 되어
다가옵니다.
저를 아프게 하는 일들로
눈물짓고 분노합니다.

여전히 계속되는 일들까지
용서하려면
어떻게 해야 할지
조금 더 깊이
물어봅니다.
제 마음에 자유를 주고 싶습니다.

'작은 사랑의 마음을 담고 살아서
조그마한 아픔이 크게 다가옵니다.
큰 사랑의 마음을 담으려면
얼마나 많은 눈물을 흘려야 할까요?'

약속

약속은 했는데
시간을 몰라 바빠진 저는
애가 탑니다.
언제일지 모르는
약속시간 때문에
발을 동동 구르며 기다립니다.
그 기다림이 저는 초조합니다.
기다림이 설렘이 되길
기도합니다.
기다리고 있는 이곳으로
속히 오길 바랍니다.
마음이 닿았길 바랍니다.

'서두르지 않아도 싹이 트고
잎이 나고 꽃은 핀단다.'

하늘 담기

마음속에 그리는 것
마음속에 담는 것
비슷한 것 같지만 조금은 다른 것
마음속에 하늘을 담아 보려
노력한다.

'살다가 힘듦 때 꺼내 보는 추억처럼
마음에 담긴 하늘도 어두운 기억을 덮을
하얗고 푸른 행복이 되겠지?'

보이지 않는 눈으로 춤추는 청년

내 눈이 보이지 않아
나의 온몸이
나의 눈이 되었다.

'없다 생각 들 때
내게 있는 것들을 보십시오.'

눈

욕심이 눈을 다 가려 버린
세상에 살고 있다.
나의 욕심을 내려놓고
나의 눈을 되찾으려 한다.

'공평하신 주님.'

길

연분홍 패랭이꽃 향기를 내는
너는 누구니?
오렌지향기 같기도 하고
누군가 내게도
'네게 좋은 향기가 나는구나!'
해 주면 좋겠어.
이젠 햇살도 조금씩 따사로워지겠지?
환한 미소를 짓는 아이들의 싱그러움에
기분이 좋아졌어.
너를 불러 세운 것도
기분이 좋아져서야.
기쁨이 두 배가 되어
멀리까지도 향기를 보낼 수 있거든.
사람들이 행복해지면 좋겠어.
눈부신 태양이 비치는 오늘이
내일의 길이 되면 좋겠어.

지킴

지킬 수 있다면
마음을 지키십시오.
누군가가 묻거든
지킬 수 있다고 하십시오.
내 잘못으로 다른 이의 마음을
허물었다면 용서를 구하십시오.
한 가지만 지닐 수 있다면
마음을 지니십시오.

'소중히 여기는 마음이 사랑의 끈이 되고
서로를 위로하고 응원하는 마음은
삶에 용기를 준다.'

정리

마음을 정리해 보았나요?
사랑하던 사람과의 이별에
적합한 말입니다.
하지만 삶의 다양한 부분에
적용되는 말이더군요.
오늘은 시기를 정리하고
내일은 미움을 정리하고
모래는 질투를 정리하고
다 정리하고 나면
사랑을 맨 위에 두려 합니다.

'당신은 무엇을 맨 위에 두려 합니까?'

기도

내 영아 강건해질지어다.
주의 인자와 성실로
내 영아 살아 숨 쉴지어다.
주의 평안으로
내 영아 일어날지어다.
주의 사랑의 힘으로
내 영아 빛 발할지어다.
주의 권능의 힘으로
거룩한 주영을 부어 주소서.
하늘 문 열어 주소서.
주의 정직을 내게 주소서.
주의 인격 닮도록 하소서.
거룩한 주영을 부어 주소서.
하늘 뜻 이뤄지도록……

아들에게

아들아!
마음의 빛을 늘 밝히며 살아가거라.
어두운 길에서 불빛이 필요하듯
네 삶의 길을 밝힐 수 있는
네 마음의 등불이 늘 켜져 있을 수 있도록
네 마음을 들여다보며 살거라.
세상에만 빛이 있는 것이 아님을 알고
세상에서 가장 빛난 네 마음의 빛이
환하고 밝기를 엄만 늘 기도한단다.
사랑하는 아들이 길 잃고 방황하지 않도록
엄마 맘속에도
아들을 위한 등불을 켜 둘게.
사랑한다.

'요즘은 무엇이 우선인지 갈등한다.
네가 하고 싶은 일, 네가 해야 할 일.
너의 자유, 너의 의무.
네가 커 갈수록 해야 할 일과 의무에 충실한

아들이 되길 바라는 엄마를 내려놓고
네게 자유를 주고 싶구나.'

어리석음

서로의 기쁨이 되기 위해
노력하던 이들이
서로의 아픔이 되고
상대방의 기쁨을 잃어버린 마음으로
또 다른 나의 기쁨을 찾아본다.
내 마음만의 쉼을 원해 본다.
상대의 기쁨 속에 내 마음의 쉼터가 있지만
보이지 않아, 보고 싶지 않아서
쉬지 못한 마음 누일 곳, 찾지 못한 기쁨을
바라고만 산다.

무거움

한곳에 터 잡아
앉아 버린 마음은
움직일 생각을 하지 않습니다.
꼼짝없는 바위처럼 부동 없음은
저의 자아가
강한 까닭입니다.
이곳에서 저곳으로
옮겨 가야 하는데
움직이려 하지 않는
마음이 무겁습니다.

'희망이 없는 곳에서 희망을 가지는 것이
진정한 희망이다.'

자연의 이야기

눈물이 머무는 자리엔
아름다움이 샘솟는
원천을 찾을 수 있어요.
내게 필요한 것은
그 샘물을 흘러 보내는 것이지요.
흐른다는 건 소중한 마음이에요.
내게 넘치는 것을 흘러 보낼 수 있는
자연을 닮은 마음이에요.
흐르는 샘물에 비치는 햇살은
보석과도 같지요.
반짝임을 찾는 많은 이들을 불러 모아
평안을 선사하지요.
하늘을 바라보며 기뻐할 수 있다면
당신은 그런 마음을 가진 사람일 거예요.
싱그러운 바람을 맞으며
자연의 이야기를 전해 봅니다.

푸른 세상

푸른 세상에서 시작된
작은 파도는
이 세상을 덮을 만큼
큰 파도가 되어
무서운 존재가 된다.
나는 푸른 세상 끝
작은 파도의 세상에 살고 싶다.
늘 평화롭고
잔잔한 파도가 주는 평안함에
감사하고 싶다.

'네가 사는 세상을 알려 줘.
내일이라도 당장 이사 가게.'

인생길

소복소복
흰 눈이 쌓여
하얀 세상 되어
모두가 갔던 길이
아무도 가지 않은
길이 되었다.
새하얀 눈길이 되었다.

하얀 눈밭에서 피어나는
빨간 장미가
향기를 날리며 손짓한다.
노란 나비가 날갯짓 하며 춤을 추고
영혼의 노래를 울린다.
따스함이, 온기가 넘치는 하얀 눈밭
그곳은 기쁨이 넘치는 곳이다.

너의 모습

미래의 너의 모습을 그려 본다.
지금보다 주름이 늘고
약간은 더 여유로운 네 모습
사람들이 찾는 마음을 간직하고 살아.
너는 푸른 도화지 같아.
마음을 푸른 바다로 채웠구나.
네게 나는 향기로 너를 알겠어.
너는 내 말에 귀 기울이는 향기로운 사람
내게도 네가 소중해진다.
내 기쁨을 전할 수 있어서
다음에 만나면 함께 노래를 부르자.
새들이 속삭이는 하모니를 이루자.
푸른 숲에 어우러지자.

나 1

어느덧 어른이 된 마음은
중학교 시절 엄마가 아프시면서
힘들어했던 나에게로 다가가
손을 내밉니다.
너무 아파 그곳에 멍하니
서 있기만 하는 소녀를
꼭 안아 줍니다.
더 이상 그곳에 서서 울지 않아도 된다고
위로합니다.
뒤돌아선 어린 소녀의
하염없이 흐르는 눈물을 닦아 주며
마음으로 품어 줍니다.

'더 이상 그곳에 서 있을 필요가 없단다.'

나 2

아직은 그곳에
서 있을 수밖에 없는
소녀를 어떻게 해야 할지 몰라
마음이 무겁습니다.
그곳을 떠나도 될까 걱정하며
여전히 그곳을 지킵니다.
무엇으로 마음의 무게를
내려 줄 수 있을지
생각합니다. 기도합니다.
이제 그만
자신의 길을 갈 수 있도록
격려합니다.

'무서웠겠어. 사라진다는 것은 무서운 일이니까.
아무 말이 필요 없겠어. 내가 곁에 있을게.'

방향

다른 이들의 시간의 선에서
자신의 시간의 선으로
돌아오는 길은
힘겹습니다.
하지만 그래야
자신의 길로 나아갈 수 있습니다.
과거의 시간의 선에 머물러 있다면
채찍을 가하세요.
고삐를 잡아
방향을 알려 주세요.

'시간이 많이 지나도 당신은 당신입니다.
조금 서툴러도 당신은 당신입니다.'

소리

개구리의 울음소리는
나를 봐달라는 구애입니다.
저의 울음소리는
글을 쓰는 것입니다.
당신의 울음소리는
무엇인가요?

'누군가의 모습을 보려면
가장 크게 소리칠 때의 모습을 봐.'

강인함

수고로운 세월
어머니는 큰 사랑이 되어 주셨다.
늘 내 편이 되어 주신 소중한 사람
세상에서 가장 강한 것은
엄마의 사랑이다.
많은 어려움 속에서도
늘 그 자리에서 기다리셨다.
큰 힘과 위로를 지니신 분.
엄마를 통해
주님의 사랑을 배워 간다.

'사랑해요, 엄마. 감사해요.'

미안해

미안해.
내가 너무 서툴러서.
내 마음을 네게 보이지 못해서.
너를 아끼는 나를 알아줘.
난 늘 네가 내 맘을 알 거라고 믿었어.
내 행동들이 엉망이었는데도 말이야.
맘을 표현하는 노력을 하지 않았어.
문득 뒤돌아보니
과거의 나는 이기적인 바보로 서 있어.
네 아픔에도, 네 눈물에도
늘 뒤돌아 서 있어.

'과거의 너를 위로한다.
현재의 나를 위로한다.'

지혜 1

시간의 흐름 속에 녹아 있는
인생의 지혜는
나이가 주는
멋진 선물인 것 같습니다.
나이가 들수록 늘어나는 구멍을
메울 수 있는 지혜가
함께 늘어날 수 있도록
문을 엽니다.
한 문이 사라지면
다른 문이 열리고
사라진 것을 대체할
힘이 생겨납니다.

'이치에 맞게 살아가는
현명한 삶으로 인도하세요.'

여정

바람이 분다.
땅속에서 솟아나는 기운이 움튼다.
먼동이 떠오르고
바쁜 걸음 준비를 서두른다.
삶이 지는 노을로 걸어가려 한다.
이른 새벽에서 시작되는 걸음은
소나무 향기로 길을 연다.
초록 시내를 지나고
노란 들길을 지나니
붉은 노을을 만나기 전
시든 나뭇가지의 힘없이
떨어지는 소리를 듣는다.
이 또한 삶의 소리이다.
삶의 길을 여는 소리가
이곳저곳에서 들려온다.

목소리

바람에 실려 온 누군가의 목소리
떠난 님이 그리워
그리워 그리워
떠난 님의 발자국 소리
그리워 그리워

우리는 누군가를 떠나보내야 하는
연약한 존재입니다.
떠난 이를 그리워하는
사랑의 존재입니다.
위로의 목소리가 되어
마음 전하는 존재입니다.

마음가짐

생각지도 않은 시기에
불쑥 찾아온 건강의 이상
나이가 들었었다면 자연스러웠을 일들도
젊은 나이에 받아들이기에는 힘들었다.
아픔과 변화를 받아들이는 지혜로운 마음가짐을
지니는 것이 정말 중요했다.

-이미 생겨 버린 일들을 이전처럼 되돌리기 위해
하는 마음고생은 삶의 진액을 마르게 한다.
-지금의 상황에서 할 수 있는 가장 현명한 일들로
삶을 채워 가는 것이 필요하다.
-중요한 일들을 순위를 정해서 실천한다.

샘터

마음을 위로하던
조그만 글들은
서로서로 모여
자그마한 샘터를 이루었다.
지치고 힘든 이들이
잠시 쉬어 갈
따스한 보금자리가 되어
기다린다.

눈물로 이룬 숲엔
계절에 따라 꽃이 피고
시원한 바람을 즐기는
새들과 나비 소리는
힘든 여정에
노랫소리 되어 울린다.

'다시 일어서야 할 때

잠시 쉬어 갈 수 있는 공간이 되길 바라며…….'

3부

마음 집짓기

내일의 거름이 되도록 살아라.
인생은 그런 것이다.
피하려 해도 피해지지 않는다.
꿈꾸는 대로 행동하면 된다.

나눔

지난날들이 아쉬워
눈물 흘리는 바보
미움을 쌓아 탑을 짓는 어리석음
아픔을 묻어 두는 허무함
떨쳐 버리고
무엇이든지 원하는 일들을 시도해 보자.
가 보지 못한 길로 가야 한다면
함께할 친구를 찾자.
누군가 힘들어 하면
같이하여 줄 손길이 되어 주자.
두 눈, 두 귀, 두 손, 두 발이어야
온전히 살아가듯
함께 나누자.

삶의 용기

마음속에 집을 짓고
따스함을 채워
손님을 초대한다.
눈보라가 치는 밖을 보고
인생을 이야기한다.
나의 눈물을 보이고
상대의 아픔을 안아 준다.
힘든 삶 위로가 있어
살아갈 용기를 낸다.

시기

먼동이 떠올라
길을 밝히면
점점 더 밝아질 빛을
누구나 알고 있다.
희뿌연 안개가 걷히듯
삶의 길이 열리고
주저하던 마음은 사라진다.
가야 할 길을 확신하는 시기
그 길에는
빛이 비치고 있다.

설렘

똑 똑
두드리는 소리에
문을 여니
조그만 아이가 서 있다.
작은 손에 쥔 종이쪽지
머물러 선 자리가 추워 보인다.
아무 말 없이 지난 시간
아이의 기다림은 설렘이 된다.
아이가 본 내 모습은
자신의 부탁을
들어줄 것 같아 보인 모양이다.
똑 똑
두드린 문 뒤에 계신 주님도
내게 설렘을 주신다.

과거의 순간

시작하지 못하고
지나 버린 수많은 일들
만나지 못한 채
지나친 인연
똑같은 일상 중
소중한 미래를 열어 줄
짧은 순간
알지 못한 채 잃어버린
시간들, 인연들, 기회들
다시 달려가 잡으려 해도
닿을 수 없는
과거의 순간으로
이미 정해져 있다.

해야 하는 일

어떻게 해야 할지 몰라
생각하고 다시 생각해도
머뭇거리는 마음은
해답을 주지 않는다.
언제나 되풀이되는 실수들
지혜롭게 해결해 나가고 싶지만
늘 후회와 한숨을 남긴다.
자유와 마음의 평안은
해야 하는 일들을 함으로
얻어질 때가 많다.
그래서 하고 싶은 일들은
잠시 접어 둔다.

자리

꿈 같이 흐른 나날
나의 날을 찾아 떠나
지나온 길들
그 길들이 나였음을 알았다.
자신의 길을 잃은 시간
그곳까지 닿아
내가 되어 있었다.
내가 서 있어야 할
자리를 찾았다.

꽃향기 추억

흐드러진 꽃길로
발걸음을 옮기니
삶에 취하고 꽃향기에 취해
모든 걱정과 근심을 잊었다.
만개한 꽃이 주는 흥분과 환희
사이사이 핀 들꽃의 매력
잊고 살았던 사랑의 기억을 떠올린다.
꽃 내음에 실려 온 과거의 향기
아름다운 추억 여행이 시작된다.
9살도 되어 보고, 21살도 되어 본다.
꽃향기 추억 따다 마음을 채워 본다.

구름 따라

떠가는 구름 따라
마음도 떠간다.
바라는 자유 찾아 떠간다.
바람의 자유가 부럽고
구름의 가벼움이 부러워
마음이라도 가벼이
바람 따라 떠간다.
훌훌 무거운 세상살이
털어 내고
마음만 구름 따라
가벼이 떠간다.

주문

한 해가 가고 새해가 되어도
여전히 6년 전 그해일 때가 있다.
2009년에 맞춰진 채
시간이 흐르기 위해 필요한
마음의 강물은
멈추어 흐르지 않는 듯하다.
멈춘 마음의 공간에
시간의 색을 입히고
마법의 주문을 외운다.
'사랑합니다.'
'사랑합니다.'
'사랑합니다.'

부디 내 주문을 들어주세요.

호수 2

아름다운 호수를 눈 속에 담아
지치고 힘들 때 꺼내 보곤 했네.
하지만 인생의 겨울이 오니
낭만과 희망을 주던 호수도
추위에 얼어 버리고
쓸쓸함을 드러낸다.
봄이 되면 다시 푸른 에메랄드빛으로
아지랑이 꿈을 피우겠지?
그리운 이들도 따스한 봄날
너의 호수에서 만나 보고 싶다.

다시 시작

시들어 간다.
꿈을 접었다.
추위에 말라 버린 가지는
다가올 미래를 준비하는 과정이다.
더 크게 자라거라.
큰 꿈을 품어라.
걱정하는 미래보다
더 큰 행복을 줄 내일을 기대해라.
잠시 아픈 오늘이
내일의 거름이 되도록 살아라.
인생은 그런 것이다.
피하려 해도 피해지지 않는다.
꿈꾸는 대로 행동하면 된다.
현실에 좌절해도
다시 시작하면 된다.

혼자 생각

혹시 누가 날 찾거든
외출했다고 해 주세요.
혹시 무슨 일이냐고 묻거든
별일 아니라고 해 주세요.
그래도 무슨 일이냐고 걱정해 주면
고맙다고 해 주세요.
아무도 물어 주지 않아서
혼자 생각합니다.

자유란

넌 이가 몇 개니?
난 이가 10개가 남았어.
다들 자기 할 일이 바빠 나가 버려
이젠 밥 먹기도 힘들어.
이들도 자기 하고 싶은 대로 하는
세상이 되어 버렸네.
내일은 항문이 사라질까 걱정이야.
방구는 껴야 하는데.

겨울사막

눈물이 내게 항의한다.
왜 귀찮게 자꾸 불러 대냐고
시간 아깝게 하지 말라고 한다.
"눈물이 나는 걸 어떡해?
나도 어쩔 수 없어."
흐르는 걸 어떻게 하냐고 해도
눈물은 그저 귀찮아한다.
막무가내로 변한 눈물에
더 이상 흐르지 못한 마음은
황량한 겨울 사막이 되었다.

청춘

후~ 후~
나는 20살 꽃다운 나이랍니다.
당신은 몇 살이에요?
난 100살 청춘이야.
난 하루에 1살씩 100일을 살았어.
내 하루는 1년보다 길지.
하지만 아직도 청춘이야.
눈부신 태양이 젊음을 주거든.
너의 날도 나와 같아지길 기도해.
100살이어도 여전히 청춘이길…….

너

또렷한 눈망울의 너는
선한 마음을 풍기는구나.
희미한 너의 미소는
작은 슬픔을 담은 듯 보이고
가는 손목이 도드라져 보이는
흰색 블라우스는
너의 연약함을 나타낸다.
너는 아무도 없는 밤에만 외출하고
소나무를 사랑하는구나.
하지만
꿈속에서 너는 나비가 되어
꽃을 찾아 헤맨다.

지혜 2

어둠의 그림자가 드리우고 있을 때
우리에게 필요한 것은
그것을 안전하게 피할 수 있는
지혜이다.

모든 지혜는 구하는 기도에서 비롯된다.

따스함

힘이 들 때 살며시 내 손 잡고
함께 왈츠를 춰 주는 네가 있다.
"걱정은 잊어버려." 말하며
살며시 웃어 주는 너의 따스함에
감긴 마음의 눈을 슬며시 뜬다.
흘러가는 인생일 뿐 별거 없다고
서로 안아 주고 서로 사랑하며 위로하는 거라며
포근함을 건넨다.

'힘든 인생길이지?
하지만 늘 작은 행복에 감사해!'

쑥 향

쑥차의 맛을 아니?
난 커피향보다 쑥 향이 좋아.
뭔가 더 정겹게 느껴지거든.
몸도 따스해지고.
누가 마셔도 쑥차인지 아는
분명함이 좋아.
이것도 저것도 아닌 것은 싫어.
언제부터인지 두루뭉술한 것이 싫어졌어.
이제부터 쑥차 같은 사람이 될래.
모든 이들의 사랑보다는
나를 좋아하는 사람들이 찾는 그런 사람.
쑥 향으로 나를 알아보는
그런 사람이 될래.
따스함이 필요할 때 찾는
그런 사람 말이야.

고등어 통조림

고등어 통조림통 안에 다시 들어갈래.
난 거기가 더 편안한가 봐.
누가 보지도 않고 보이지 않아
편하게 쉴 수 있지.
좀 어둡긴 해도
마음의 눈을 밝히면 돼.
가끔씩 나를 사려는 사람들이
들었다 놨다 해서
놀이공원에 간 듯할 때도 있어.
사람들이 나를 사서 먹을까 걱정이니?
그들은 나를 사지도 먹지도 못해.
그곳은 나의 내면이니까.
답답하고 숨이 막히기도 하지만
익숙하다는 것은 큰 평안이 돼.
쉴 곳이 없으면 너도 와 보렴.

세월

세월이 흘러
시간의 흔적들도 지워지고
따스함을 품은 온기를 남긴다.
선명하던 무지갯빛 꿈들도
긴 여행을 떠나고
홀로 남겨진 세월을 위로하며
두 팔로 안아 주는 네가 있다.
마음으로 다가가는 삶의 향기 너머
운무처럼 드리워진 희망
어린아이들의 악기소리에 맞춰
기쁨의 장단을 맞춘다.

생각 향기

"넌 무엇을 좋아하니?"
내게 무엇을 좋아하느냐고 물으면
"난 너의 생각들을 좋아해.
장밋빛 향기가 나거든."
혼자 있을 때 풍겨나는 깊은 여운들
네가 꾸고 있는 푸른 꿈들은
바다의 산호를 품고 있구나.
하지만 외로움의 섬들은
서글픈 울음소리로 가득하다.
너를 위해 기도해.
마음의 평안을…… 행복을……
꿈꾸지 못하도록 너를 제한하는 모든 것들이
네 생각을 억압하지 않기를
너도 내 생각들을 좋아하면 좋겠다.
노란 국화꽃향이 풍기는 내 생각이
네 마음에 들었으면 좋겠다.

기쁨 2

꿈이 떠 있는 공간
'허허' 너털웃음이 울린다.
아지랑이 꽃이 피고
꽃망울에 달린 이슬이
즐거운 노래를 부른다.
흐르는 시간에 맞춰 부르는
기쁨의 멜로디는
소복이 쌓인 산정상의 얼어 버린 눈에까지
따스한 온기를 보낸다.
하늘에서 내리는
따스한 눈물 비는
마른 대지에 싹을 피우고
풍족히 거둘 가을의 곡식을
누구나 기대하게 한다.

'모자란 마음들이 바람을 일으킨다.
모래 폭풍을 만들고 먹구름을 몰고 온다.'

아버지를 여의고

땅과 바다가 갈라지고
큰 울음이 적막한 산에서 들려온다.
아무도 멈출 수 없는 거대한 파도
피할 수 없어 온몸으로 맞는다.
나그네 되어 돌아온 몸
흰 천을 두르고
하얀 마음 조각 얼굴에 남기고
살포시 웃고 있다.
긴 아픔 끝낸 감사가 묻어난다.
말 못한 긴 세월은 나이기에
나로 인한 슬픔이기에
이젠 행복의 걸음을 옮긴다.
이 세월이 힘들었소.
안아 주지 못해 미안하오.

아버지의 편지

무지갯빛 사이로 너울지는 빛
나를 안아 가는 저 너머의 사랑은
나를 이끌어 노을 언덕을 넘는다.
내가 이룬 삶의 터전을 보니
모두가 주의 은혜임을 안다.
내 가족, 내 보금자리에서
행복을 나누지 못한 아쉬움에
긴 한숨을 쉬어 본다.
사랑한 만큼 나누지 못한 삶이
미안하고 미안하다.

달빛 머문 밤

산등성이 오두막을 향한 길
켜진 불빛 너머에 기다리는 님.
따스한 마음이 전해지는 길가엔
수줍은 듯 피어 있는 코스모스가
달빛에 비추인다.
마음은 이미 도착해
님과 함께 있고
나지막이 속삭이는 말들은
사랑을 노래한다.
나 님과 함께여서 행복한 이 밤
오래도록 기억하고픈
달빛 머문 밤

조화

밀물과 썰물의 조화가 아름답다.
행복과 슬픔의 조화가 아름답다.
눈이 쉬도록 차가운 바람도
따스한 미풍 되어 돌아오니
이들의 조화 또한 아름답다.
눈물이 멈추고 환한 미소를 띠울 네 모습에
설렌 마음을 품는다.

너와의 행복

풍금소리 울리는 따스한 공간
너와 나의 향기로 채우니
저 너머 창가에서 비추이는
포근한 햇살은
눈살 찌푸린 어린아이의
사랑스러운 표정 같다.
나부끼는 커튼 사이로
노란색 국화꽃 향기 흐르고
너와 나의 시간은 영글어 간다.
나, 너와 함께여서
행복을 꿈꾼다.

너에게 말해

난 행복해.
너와의 작은 시간 조각을 맞추느라
소소한 행복에 젖어.
크고 강하진 않지만
나만이 가지는 마음의 사랑에
온몸 가득 따스해져.
난 널 만나고 변해 가.
환한 미소도 짓고
조금씩 마음도 보이고
누구나 할 수 있지만
내 것이 아닌 것 같았던
좁은 길에서의 행복도 가지게 되었어.
넌 아니?
삶을 살아 봤니?
난 늘 하늘을 나는 꿈을 가져.
네게 보여 주고 싶은 모습이야.
마음이야.

솔직하지 못함

눈이 시려 온다.
눈물을 참는다.
흐르지 말아야지.
흘리지 말아야지.
네게 보이지 말아야지.
네게 보이고 닦아 달라 해야지.
마음은 다른 마음을 품는다.
너만이 이해할 나만의 언어.
내게 소중한 너이기에
숨기고 싶은 모습을 가린다.
보이고 싶은 마음도 가린다.

모습과 마음

떠나보내고 붙잡고 산다.
모습과 마음은 늘 다른 방향으로 간다.
실제와 허상이 갈라서 있다.
행동과 이상이 동일하도록
강하고 싶다.
사랑의 방법이 붙잡는 것이라면
떠나보내는 행동을 바꾸어 보자.

네게

혼자가 되어 본 적이 있니?
눈부시게 아름다운 날
함께할 네가 없어
외롭게 보낸 날들이 많아.
지치고 힘들 땐
멍하니 하늘을 보곤 했지.
누군가가 나를 지켜보는 듯했거든.
그게 너였을까?
내겐 늘 그림자 같은 너.
나의 무관심에도 곁을 지킨 너.
지금의 널 볼 수 있음에
감사해. 고마워.

주의 사랑

서로를 위하는 마음이
부족한 세상
우리들은 사랑의 대가를
요구하며 살아간다.
값없이 주라 하신 복음에도
서로 사랑하라 하신 말씀에도
값을 매긴다.
마음의 빚을 지우고
무거운 마음으로 살아가게 한다.
내가 준 사랑이 주의 사랑이 되도록
요구하는 마음들을 내려놓는다.

용기

생각의 주머니를 비운다.
'홀로 외롭다.'
'아픔이 다가온다.'
'그을린 마음이 따갑다.'
혹이 되어 버린 굳은살도
도려내어 버린다.
변화가 두려워도
미래가 보이지 않아도
마주 보고 서는 연습을 한다.
도망가기 위해
시간을 멈추지 않는다.

소망

주님 전 늘
마음의 그림을 꺼내어 적어 봅니다.
언제쯤 영롱한 꿈과 같은
마음을 맞이할까요?
그 시간을 꿈꿉니다.
아름다운 그림들로 가득한
마음을 가지기를
늘 사랑이 넘치는 자리에 머물며
푸르름으로 넘쳐나는
감사를 품은 바다가 되기를 바랍니다.
삶을 사랑하는 지혜를 가진 자가
될 수 있기를 소망합니다.

괜한 질문

너에 관해 몇 가지 물었지.
어디서 왔는지?
무슨 일들을 하는지?
네 생일은 언제인지?
널 보면 알 수 있는 것은
내가 맘대로 생각했어.
그런 것들까지 물을 필요가 없으니.
하지만 네 대답은 달랐어.
난 꽃을 좋아해.
보기보다 나이도 훨씬 많고
곧 죽음을 앞두고 있어.
내가 가 보지 못한 나라에 가 볼 거야.
눈으로 보이는 것이 다가 아닌데
언제나 실수하는 내가 싫어진다.
괜한 질문을 해서 미안해.

연약함

나의 시간들이 늘어 갈수록
그 시간들을 주님의 시간들로
채우는 것이 벅차
다른 이들과 함께하는 시간들로
채우려 합니다.
그것이 어리석음인지
지혜로움인지 주께 여쭙니다.
옳은 삶을 살도록 인도하시기를
기도합니다.

삶 2

희뿌연 운무 너머에 보이는
바다는
늘 평안을 노래한다.
드넓은 광야에서 시작되는
삶을 향한 열정은
시간을 거슬러 오르게 하고
죽음은 묶인 사슬의
인연을 끊어 낸다.
산이 지키는 삶의 지혜는
살아 숨 쉬는 생명을 이루고
발전된 과학은
앞으로 나아가라 말한다.
모든 생명은 씨앗을 품고
뿌리를 내릴 터전을 찾는다.

'은혜와 사랑
주의 마음에 맞는 행위는
무한한 힘을 가진다.

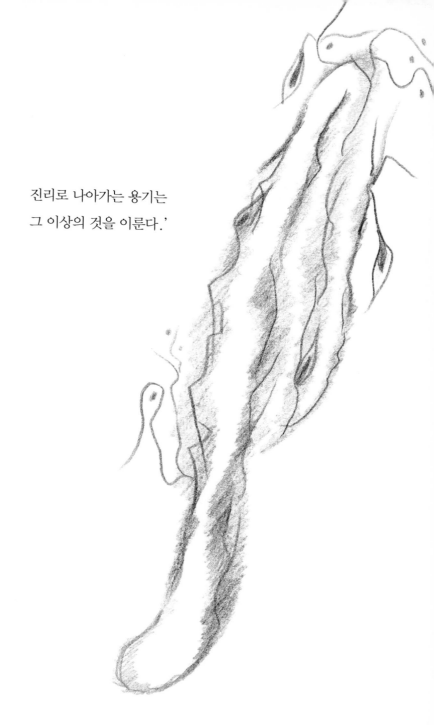

진리로 나아가는 용기는
그 이상의 것을 이룬다.'

그리워서

일생을 배를 타신 아버지는
물속에서 안식을 얻으셨지만
홀로 남겨지신 어머니는
마음의 고통으로
온몸이 찢어집니다.

"인생 사는 동안 행복하셨소?
긴 여행길에 동무가 되어 주어 고맙소."

남겨진다는 아픔이 크지 않기를 바라지만
두려움의 무게가 사라지지 않습니다.
내게 주어진 시간만큼 지혜롭게
사랑하며 살 수 있기를 기도합니다.

두 가지 바람

내겐 두 가지 바람이 있어.
꺼지지 않는 불꽃과
흔들리지 않는 믿음이야.
혹시 내게 다가온다면
불꽃이 꺼지지 않도록
천천히 다가와 주렴.
강한 바람으로 마음이 흔들리지 않도록
빨리 문을 닫아 줘.
혹시 밖에 비가 오면
기다렸다 올 수 있니?
비 오는 날은 걱정이 심해져서.
네가 오길 늘 기다리는 내 맘은
그래도 알아줘.

나와 생각

미쳤다는 말을 들어 본 적이 있니?
난 요즘 자주 들어.
생각이 다른 곳으로 도망가서
종종 미친 채 지내.
어딜 가냐고 물어도
대답 없이 사라지는 생각 녀석.
내 사정 따윈 봐주지 않아.
자기 때문에 미친놈 소리를 듣는데
하소연할 데가 없네.
기다려서 들어 와 주는 게
고마운 거지.
내가 생각을 두고 나갈까 고민했지만
그러면 영영 이별할까 봐
오늘도 기다려.

걸음

닫힌 마음의 문을 열고
원하던 세상으로 나아가는 걸음
움츠렸던 몸을 펴고
꿈의 날개를 편다.
삶의 향기를 풍기고
사람들 속으로 다가간다.
혹 싫은 냄새가 날 땐
잠시 숨을 멈추고
푸르름이 넘실대는 바다가 이끄는
요동치는 싱그러움 따라
발길을 돌린다.
내가 지나간 길에 남은
기쁨의 자국이
다른 이들의 걸음이 되기를
소망한다.

여행

"어디 갔다 왔니?
한참을 찾았잖아."

먼 바닷가 여행을 갔다 왔어.
세상은 너무나도 넓어.
누구나 상상할 수 있는
바다의 모습을 보고 왔어.
푸른 하늘과 맞닿은 바다는
포근함을 안겨 주지.
때론 일렁이는 파도에
마음을 실어 보냈어.
바다와 함께인 나는
모든 것을 잊을 수 있어.
삶의 고통도, 아픔도, 눈물까지도
바다가 품어 주는 나로
다시 태어나니까.

인생 3

길가에 핀 꽃은
환한 미소를 띠우고
어깨 너머 부는 바람은
하얀 향기를 전한다.
눈이 시리도록 밝은 태양
나뭇잎 소리에 비추인다.
나무의 사랑을 받아
길게 뻗은 가지는
보랏빛 열매를 맺었다.
우리 함께여서
큰 빛을 품는다.

무지갯빛 기억

밝은 달이 떠오른다.
초록빛이 흐려지고
눈부시던 날들도
꿈처럼 다가온다.
컬러 같은 꿈들이
흑백 꿈으로 변하고
과거의 시절로
기억은 돌아간다.
태양이 머무르던 시절의
무지갯빛 기억이 있어
달빛에 비추어 추억한다.

늘 함께

혼자라 외로운 날
나를 추억하세요.
내게 슬픔을 남겨 준
나쁜 행동을 반성하세요.
나는 바보라 당신을 사랑했지요.
내게 주고 간 상처 난
마음을 위해 기도하세요.
그래도 나는 당신을 사랑했지요.
내가 행복하도록
나를 추억하세요.
나는 가고 없지만
늘 함께였잖아요.

기다림

톡. 톡.
누군가의 발자국 소리
어둠이 깔린 대지에서 들려온다.
흐느끼는 울음 섞인 발걸음은
잠자는 마음에 두려움을 몰고 오고
사라진 기쁨의 땅끝
울음은 끝이 없다.
다시 떠오를 태양의 기다림
더딘 시간에 갇혀 한숨짓는다.
푸른 새싹의 자라는 소리가
꿈의 시간을 안겨 주지만
사라진 향기에
바람이 일기를 기다린다.
누군가의 꿈이 되고 있을 이 시간이
답답한 기다림으로 자리 잡았다.
나를 불러 본다.

천사의 선물

한참 후에 다가온
흰옷 입은 천사
건네는 흰 종이
'네게 줄 선물이야.
나는 네가 다시 행복을 꿈꾸길 바라.
이 종이에 그림을 그리렴.
너의 마음이 보일 거야.
나에게 비쳐지는 네 바람이 모두 이뤄지게
환한 미소의 오렌지 빛 향기를 날리렴.
꽃잎에 향기를 띄우렴.
꿈의 소망이 싹틀 수 있도록.
네 슬픔이 깊어지지 않도록
내 날개를 빌려줄게.
하늘을 날렴.'

삶은 허점투성이다.
우리는 몇 번을 연습해도 실수하곤 한다.
처음 하는 일들이니 당연한 일이다.
그래서 우리는 현명하게 살아가신 분들을 본받고
삶의 롤모델로 삼는다.
하지만 때로는 자신을 과소평가하여
꿈으로 나아가지 못하고
이미 들어오던 말들에 붙잡혀
자신을 바로 바라봐 주지 않는다.
남들이 자신을 평가하는 기준이 아닌
자신이 자신을 인정하는 바른 기준을 가지는 것이
지혜로운 삶의 첫걸음이 될 것이다.

저의 이야기를 읽어 주신 여러분께 감사드립니다.
아마도 삶을 살아가는 모두의 이야기겠지요.
아픔을 넘어 눈물로 피운 꽃은
향기를 가지고 바람에 색을 입힙니다.

힘든 시기를 지나는 이들에게 날아가
위로하고 품어 주지요.
자신의 삶으로 돌아갈 수 있도록 용기를 심어 줍니다.
이 책도 누군가에게 사랑과 용기의 향기와 바람이 되길
바랍니다.
이 책을 잘 마무리할 수 있도록 도와주신
주님의 은혜에 감사드립니다.
하늘로 가신 아버지와 늘 사랑으로 지켜준 가족과
예수님과 같이 소중한 이들에게
감사와 사랑을 전합니다.